인생에서 너무 늦은 때란 없습니다

큰글자책

이 책은 《인생에서 너무 늦은 때란 없습니다》의 큰글자책입니다.
일반판이 그린과 글 일부에 실리지 않았던 새로운 그림 70점을 더했고
나이가 많거나 시력이 안 좋은 독자들이 편안하게 읽을 수 있도록
새로운 판형에 글자 크기를 키워 새롭게 편집했습니다.
보다 더 많은 분에게 모지스 할머니의 삶이 가닿기를 바랍니다.

일러두기　제작 방식이 알려지지 않은 그림들은 미표기했습니다.

모지스 할머니 이야기

인생에서 너무 늦은 때란 없습니다

큰글자책

애나 메리 로버트슨 모지스 지음

류승경 편역

수오서재

인생에서 너무 늦은 때란 없습니다 (큰글자책)

1판 1쇄 발행 2019년 8월 27일
1판 8쇄 발행 2026년 2월 25일

지은이   애나 메리 로버트슨 모지스
옮긴이   류승경
발행처   (주)수오서재
발행인   황은희, 장건태
책임편집   마선영
편집   최민화, 박세연
마케팅   황혜란, 안혜인
디자인   권미리
제작   제이오
주소   경기도 파주시 돌곶이길 170-2 (10883)
등록   2018년 10월 4일(제406-2018-000114호)
전화   031)955-9790
팩스   031)946-9796
전자우편   info@suobooks.com
홈페이지   www.suobooks.com
ISBN   979-11-90382-98-4 03840 책값은 뒤표지에 있습니다.

이 도서의 국립중앙도서관 출판시도서목록 (CIP)은 서지정보유통지원시스템
홈페이지(http://seoji.nl.go.kr)와 국가자료공동목록시스템(http://www.nl.go.kr/kolisnet)에서
이용하실 수 있습니다. (CIP제어번호: CIP2019031129)

도서출판 수오서재守吾書齋는 내 마음의 중심을 지키는 책을 펴냅니다.

모지스 할머니, 대도시로 가다

Grandma Moses Going to Big City, 1946년, 캔버스에 유채, 91.4×121.9cm

나는 행복했고, 만족했으며,

이보다 더 좋은 삶을 알지 못합니다.

삶이 내게 준 것들로 나는 최고의 삶을 만들었어요.

결국 삶이란 우리 스스로 만드는 것이니까요.

언제나 그래왔고, 또 언제까지나 그럴 겁니다.

1961년 9월 7일, 모지스 할머니의 101번째 생일날

여름의 윌리엄스타운

Williamstown in Summer, 1948년, 나무에 유채, 40×50.8cm

차
—
례

삶으로 들려주는 이야기

　100년을 늘 새로운 하루처럼 살다 간, 우리에게 공간적
으로나 시간적으로나 먼 곳에 계신 한 할머니의 인생철
학이 담긴 글과 그림을 펼쳐보려 합니다. 그녀의 그림을
처음 접한 순간을 잊지 못합니다. 그녀의 그림은 말해주
고 있었거든요. 우리 인생은 참 살아볼 만하다고요.

　모지스 할머니. 76세에 그림을 그리기 시작해 80세에
개인전을 열고 100세에 세계적인 화가가 된 분이지요. 그
녀는 미술을 체계적으로 배운 적이 없습니다. 시골 농장
의 아낙으로 열 명의 아이를 낳고 그중 다섯 아이를 병으
로 잃고, 버터를 만들고 양초와 설탕을 만들어 살림에 보
탬이 되고자 노력했던 바지런한 여인이었습니다. 그녀는

말했습니다.

"내가 만약 그림을 안 그렸다면 아마 닭을 키웠을 거예요. 지금도 닭은 키울 수 있습니다. 나는 절대로 흔들의자에 가만히 앉아 누군가 날 도와주겠거니 기다리고 있진 못해요."

76세가 되던 해, 평소 앓던 류머티즘 관절염으로 인해 도무지 실을 자수 바늘 구멍에 맞게 끼울 수가 없었습니다. 그녀는 바늘을 내려놓고 대신 붓을 들어 그림을 그리기 시작했습니다. 그녀는 말합니다.

"정말 하고 싶은 일을 하세요. 신이 기뻐하시며 성공이 문을 열어주실 것입니다. 당신의 나이가 이미 80이라 하더라도요."

"사람들은 늘 '너무 늦었어'라고 말합니다. 하지만 사실은 '지금'이 가장 좋은 때입니다."

"어릴 때부터 늘 그림을 그리고 싶었지만 76살이 되어서야 시작할 수 있었어요. 좋아하는 일을 천천히 하세요. 때로 삶이 재촉하더라도 서두르지 마세요."

사랑이 넘치는 그림과 함께 들려주는 그녀의 인생 이야기는 우리에게 따뜻한 위로와 용기가 되어줍니다. 이미 너무 늦었다고 좌절하고 초조해하는 우리에게요.

이 작은 책을 통해 자신도 몰랐던 모습을 찾기를 바랍니다. 침착하고 태연하게 매일을 맞이하시길, 불안은 가라앉고 안심은 떠오르는 나날이 되시길, 모지스 할머니의 글과 그림을 실력 없는 솜씨로 전하며 할머니의 영혼이 수많은 이들에게 가 닿기를 바랍니다.

1
부

어
린

시
절

추억과 희망이란 참으로 묘한 것이, 추억은 뒤를 돌아보는 거고 희망은 앞을 내다보는 거지요. 추억은 오늘이고, 희망은 내일입니다. 추억은 머릿속에 기록된 역사이고 또한 화가와도 같아서, 과거와 오늘의 그림을 그립니다.

나의 삶을 회고해달라는 부탁을 받았는데, 나로선 쉽지 않은 일이네요. 어떻게 해야 할지 잘 모르겠어요. 이야기를 참 맛깔나게 잘 하는 사람이 있는가 하면 김빠지게 하는 사람도 있던데, 사람마다 표현하는 방법이 달라서겠지요.

어쨌든 내가 누구고 어떤 사람인지, 여러분께 한번 얘기해보도록 하겠습니다.

나, 애나 메리 로버트슨은, 푸른 초원과 숲에 둘러싸인 워싱턴 카운티의 어느 농장에서 1860년 9월 7일, 스코틀랜드와 아일랜드계 이민자의 후손으로 태어났습니다. 나의 조상들은 1740년에서 1830년 사이 제각기 다른 시기, 뉴욕주 워싱턴 카운티의 남부 인근에 정착했지요.

그곳에서 나는 아버지, 어머니, 형제, 자매들과 함께

생애 첫 열두 해를 보냈습니다. 아무 근심 걱정 없는 행복한 나날들이었어요. 어머니를 돕고, 여동생의 요람을 흔들어주고, 어머니에게 바느질을 배우고, 오빠들과 뛰어놀고, 방앗간 연못에 띄울 뗏목을 만들고, 숲속을 돌아다니고, 꽃을 꺾고, 이런저런 공상에 잠기던 시절이었지요. 나는 열 남매 중 한 명으로 태어났고, 내 어머니에겐 형제가 열하나, 할아버지에겐 열다섯, 남편에겐 열둘이 있었습니다.

버드나무 방앗간

The Willow Mill, 1952년, 메이소나이트에 유채, 45.7×61cm

베닝턴

Bennington, 1945년, 나무에 유채, 43.1×63.5cm

퀼트 모임

The Quilting Bee, 1950년, 나무에 유채, 50.8×60.9cm

겨울의 케임브리지 밸리

Cambridge Valley in Winter, 1944년,
메이소나이트에 유채와 템페라, 59×75.5cm

윌리엄스타운

Williamstown, 1946년, 91.4×121.9cm

◇◇◇◇◇

우리 집은 5남 5녀였어요. 레스터가 장남, 호러스가 차남, 그 밑으로 나, 아서 순이었지요. 아서 다음에 터울이 있는 걸 보면 어머니가 아이들 몇을 하늘나라로 떠나보내지 않았을까 하는 생각이 듭니다. 그 뒤로 셀레스티아, 마이애마, 오나, 조가 태어났고, 한동안 뜸하다가 세라와 프레드가 태어났어요. 우리는 한 묶음씩 나왔답니다, 마치 열무 단처럼요. 내가 장녀였어요. 아서가 죽기 전까지 우리는 둘도 없는 친구였는데, 아서가 항상 저만치 먼저 내빼곤 했어요. 나는 엉덩이가 좀 무거운 편이었거든요. 우린 체격이 비슷한 데다, 나이 터울도 많지 않아서 자주 붙어 다녔어요. 얘기도 많이 했고 서로를 이해했어요. 어느 봄날엔 우리 둘이 잔디밭에 앉아서는, 눈앞에 펼쳐진 풍경이 참 아름답다는 얘기를 주고받았던 기억도 납니다. 아서가 "천국만큼 아름답다!"라고 말했어요. 그러고는 "천국 가면 맛있는 걸 많이 먹고 싶어"라고 덧붙였고, 나는 "맛있는 건 없어도 되지만 꽃은 많았으면 좋겠어"라고 말했지요.

내가 요람을 흔들어줘야 할 때가 많았는데, 좋아하는 일이긴 했지만 남자 형제들과 밖에서 노는 게 더 재미있었어요. 주로 넷이 몰려다녔는데, 나는 남자 형제들한테 지고는 못 배겼어요. 레스터가 처마 위로 올라가면 난 지붕 꼭대기로 올라가는 식이었지요. 오빠와 남동생을 이기는 건 내게 자존심이 걸린 문제였으니까요. 그런데 레스터는 수영을 할 수 있고 나는 못 했지 뭐예요! 아버지가 내게 수영을 가르쳐주려 했는데, 아버지가 손을 떼자마자 그만 꼬르륵 가라앉아버리고 말았어요. 아마 내 몸이 어지간히도 무거웠나 봅니다.

헛간 댄스
The Barn Dance, 1950년, 캔버스에 유채, 88.9×114.3cm

가족 소풍

The Family Picnic, 1951년, 나무에 유채, 42.5×55.8cm

우편집배원이 떠났네

The Mailman Has Gone, 1949년, 나무에 유채, 40.6×53.3cm

내 고향
My Homeland, 1945년, 나두에 유채, 40.7×50.8cm

◇◇◇◇◇

1863년으로 거슬러 올라가 몇 가지 기억을 더듬어봅니다.

아버지, 어머니가 시내에서 멀리 떨어진 초원의 집에 살던 시절, 아버지는 일요일마다 우리를 데리고 산책을 나갔는데, 날이 좋을 때면 어머니도 같이 걸었어요. 젖먹이 동생은 항상 아버지가 안고 걸었어요. 젖먹이가 늘 하나는 있었으니까요. 놀 데라고는 교회밖에 없었기 때문에 산책은 우리에게 특별한 일이었습니다. 집에 손님이 있는 날이면 다 함께 산책을 나섰어요. 한번은 이모들도 같이 갔는데, 이모들 중 한 명이 참 고운 '자키'를 쓰고 있었지요. 꽃과 리본을 뒤로 늘어뜨린 밀짚모자를 그땐 그렇게들 불렀어요. 그 시절 아가씨들이 쓰고 다니는 알록달록한 모자였어요. 그 모자가 얼마나 갖고 싶었는지 달라고 떼를 썼더니 이모가 모자를 벗어 내 머리에 씌어주었습니다. 거기까진 좋았는데, 그렇게 떼를 쓰면 숙녀가 아니라고 어머니에게 꾸지람을 듣고 말았어요. 그러다가 '자키'를 까맣게 잊어버리고는 오빠들 남동생들과 함께 방앗간 근처에서 뛰어놀았는데, 어느 순간 머리 위에 손을 대어보니 아무것도 없는 거예요. 모자가 날아가서 방앗간 연못에 빠졌을 거라고, 누군가 옆에서 일러주더 군요. 너무 속상한 일이었어요. 그때부터 나는 물이 괜히 싫더라고요.

오크 나무들

The Oaks, 1954년, 나무에 유채, 45.7×61cm

갈림길

The Dividing of the Ways, 1947년,
나무에 유채, 40.6×50.8cm

후식 강, 여름

Hoosick River, Summer, 1952년,
나무에 유채, 45.7×60.9cm

돌풍
Wind Storm, 1956년, 나무에 유채, 40.7×60.9cm

봄이 오면 들판에서 뛰놀며 꽃을 꺾었습니다. 눈 속에서 피어나기도 하는 아르부투스 나무의 꽃을 가장 먼저 꺾었고 그다음엔 복주머니난을, 그다음엔 별을 닮은, 우리가 '핑크'라고 부르던 팬지꽃을 꺾었어요. 꽃들은 빛깔도 다양했는데, 하얀색, 보라색, 짙은 남색 꽃들이 있었고 줄무늬가 있는 꽃도 있었지요.

어머니는 항상 화단을 가꾸었어요. 어느 해 여름에는 존 삼촌이 다니러 와서 화단 가꾸는 일을 돕다가 담배를 심은 적도 있었는데, 담배 농사 를 직접 본 건 그때뿐이었어요. 여간 힘든 일이 아니더라고요.

우리는 깨진 거울 한 귀퉁이에 항상 꽃병을 두었습니다. 꽃을 꺾어 집으로 가져오길 좋아했거든요. 결국엔 어머니가 꽃을 내다 버리게 되곤 했지만요. 연영초가 피면 반드시 꺾어왔어요. 그 꽃은 얼마나 곱던지, 팬지꽃을 닮았는데 그것보다 좀 더 앙증맞았고, 푸른빛이 감도는 보라색으로 오랫동안 피어 있었지요.

우리집 뒤뜰

Back Yard at Home, 1940년경, 판지에 유채, 30.5×42cm

이삭 줍는 사람들

Gleaners, 1958년, 메이소나이트에 템페라와 유채, 40.3×70cm

열기구

Balloon, 1957년, 나무에 유채, 40×60.9cm

마을 회관

The Town Hall, 1950년, 메이소나이트에 템페라, 40.6×48.3cm

1867년도에 난생처음 폭풍을 겪었습니다. 그해 여름, 뉴욕주 워싱턴 카운티는 무척 덥고 건조했지요. 우리 집 우물이 말라버리는 바람에 아버지가 깨끗한 식수를 얻을 샘물을 찾아 웅덩이를 세 개나 팠던 일, 울타리를 서성거리며 울어대는 이웃집 가축들을 보고 저러다 목이 말라 죽겠다고 걱정했던 일, 오빠가 이웃집으로 가서 가축들이 먹을 물이 말랐다고 알려주었던 일들이 생각나네요.

어느 일요일, 날이 얼마나 건조하고 더웠는지 연못이 거의 말라버릴 정도였는데, 어머니가 그걸 두 눈으로 직접 보고 싶다고 했어요. 아버지는 어머니가 연못까지 걸어가면 젖먹이 동생을 안고 같이 가겠다고 해서 나는 기분이 좋았어요. 어딜 가든 여럿이 함께 가는 게 좋았으니까요. 방앗간 연못에 가보니, 물이 3분의 1밖에 차지 않았는데 물고기가 바글바글했고 신선한 물이 부족해서 그중 절반이 죽어 있는 거예요. 아버지는 딱한 노릇이라며 비가 오지 않으면 다음 날 물고기들을 꺼내 묻어주어야겠다고 하셨어요. 허연 배를 드러내고 연못가에 누워 있는 물고기들이 지금도 눈에 선합니다.

어쨌건 그렇게 아마 방앗간 쪽으로 계속해서 걷고 있는데, 레스터가 천둥소리를 들었다고 해서 우리는 다시 언덕 쪽으로 발길을 돌려 집으로 향했지요. 언덕에 올라서니 먹구름으로 뒤덮인 북쪽 하늘이 보이더군요. "여기서 한 25킬로미터에서 30킬로미터 거리의 볼드 산 위에 거센 폭풍이 몰아치고 있구나. 이쪽으로 빠르게 다가오고 있어!" 아버지가 말했습니다.

어머니는 창문을 닫기 위해 서둘러 집으로 들어갔고 마리아 이모는 닭장을 걸어 잠그러 갔습니다. 아버지와 일꾼은 헛간을 걸어 잠근 후, 아버지는 서둘러 집으로 들어왔고 일꾼은 헛간에 남겠다고 했어요.

아버지가 집에 발을 들여놓자마자 바람이 몰아치기 시작했어요. 바람에 세게 후려쳐진 나무들은 꼭대기가 땅에 닿도록 휘어져 마당을 말끔히 쓸어버렸지요. 그러더니 억수처럼 비가 퍼붓기 시작했어요. 창문이 께져서 유리조각이 집 안으로 쏟아져 들어올 것 같았지요. 어머니가 우리에게 창문에서 멀찌감치 떨어져 있으라고 했어요.

아버지는 외투를 벗어 젖먹이 동생 마이애마를 감싸주었습니다. 아버지는 동생을 품에 안고 우리에게 이렇게 말했어요. "집이 무너지면 작은 과수원으로 뛰어가서 나무를 하나씩 붙잡고 얼굴을 바짝 대고 있어라. 어린 나무들은 뿌리가 뽑히지 않을 테니."

얼마 후 빗물이 사방에서 집안으로 들이치기 시작했습니다. 그러나 폭풍은 머지않아 그쳤어요. 아버지 어머니가 물을 쓸어내기 시작했어요. 집안에 물이 8센티미터 높이까지 찼다고 하더군요.

우리 집 일꾼의 이름은 짐 벅이었는데, 그는 내내 헛간 안에 있었습니다. 마차 안에 들어가 앉아 있었다고 했어요. 그런데 글쎄 비바람이 헛간 문을 열어젖히고는 그가 탄 마차를 진입로 맞은편의 과수원까지 밀어냈다는 거예요!

집 앞 초원을 가로지르는 개울은 강처럼 물이 불어 있었어요. 연못은 둑까지 물이 차올랐고 물고기는 한 마리도 보이지 않았지요. 연못 건너편에는 아름다운 옥수수

밭이 있었는데, 폭풍이 휩쓸고 지나가면서 옥수수밭에 도랑을 파놓았어요. 도랑이 어찌나 깊었는지 사람이 말을 타고 도랑을 달리면 그 모습이 보이지 않을 정도였지요. 도랑에서 붉은 흙이 씻겨 나왔어요. 아버지는 베이킹파우더처럼 고운 그 흙을 체로 걸러 헹구어서는 페인트로 썼어요. 헛간 여러 채에 그 흙을 칠했는데 아직도 고스란히 벽에 남아 있습니다. 부식된 철광이 들어간 흙이었거든요. 비는 며칠 동안 계속 내렸고 덕분에 우물과 샘의 물이 차올랐어요. 그때 아버지는 말씀하셨죠. 크게 잃는 게 있으면 작게 얻는 것도 있는 법이라고요.

그날의 그 폭풍이 어린 시절 내가 보았던 가장 무서운 폭풍이었습니다.

폭풍우
The Thunderstorm, 1948년, 나무에 유채, 25.7×52.8cm

49

베닝턴 전투

The Battle of Bennington, 1953년, 나무에 유채, 45.7x77.6cm

어느 해 겨울, 눈이 꽤 수북이 쌓였는데, 한창 눈이 내
릴 때 아버지가 낡고 커다란 빨간 썰매에 말들을 매고 눈
밭에 길을 냈습니다. 우리 집은 큰길에서 1킬로미터쯤
떨어진 들판에 있었기 때문에 아버지가 직접 길을 뚫어
야 했어요. 아버지가 부엌문까지 썰매를 몰고 오면 우리
는 볏짚과 이불을 잔뜩 챙겨 우르르 썰매에 올라타고는
쌩쌩 달려서 큰길에 이르렀고 그다음엔 숲을 가로질렀
지요. 썰매를 타고 눈을 맞으며 숲을 누비는 기분은 정말
최고였어요. 참 행복한 시절이었지요.

신나는 썰매 타기

Joy Ride, 1953년, 나무에 유채, 45.7×60.9cm

썰매 타기

Sleigh Ride, 1957년, 나무에 유채, 40.7×60.9cm

크리스마스

Christmas, 1958년, 나무에 유채, 40.9×51.1cm

눈이 올 만큼 오고 난 뒤 2월이 되면 단풍나무에서 수액을 받아 시럽과 설탕을 넉넉히 만들었습니다. 아이들은 아침 일찍 단풍나무들이 있는 곳으로 달려가 간밤에 쌓인 수액을 한데 모았고, 오후에 한 번, 해 질 녘에 한 번을 더 모았지요. 수액이 녹으면 훨씬 더 빨리 모아졌습니다. 반면 수액이 얼면 녹을 때까지 하루나 이틀을 기다려야 나오는 경우도 있었지요. 끝물로 나오는 수액이 시큼하다 싶으면 하는 수 없이 버려야 했어요. 낮에는 수액을 커다란 솥에 넣고 끓여 3분의 1 정도로 졸였고 밤에는 집안에서 조리용 난로로 마무리를 했습니다.

숲으로 달려가 수액을 모아 집으로 달려오는 건 아이들에게 큰 즐거움이었어요. 계속 불을 지피는 것도 재미있었고요. 아침이 되면 메밀 팬케이크에 원 없이 시럽을 뿌려 먹었고 저녁에는 뜨끈한 빵에 버터를 바르고 시럽을 뿌려 먹었어요. 거기다가 소귀나무차를 곁들여 마셨는데, 단풍나무 수액에 소귀나무 잎사귀를 넣고 적당히 졸여 만든 차였지요. 크림을 넣어 마시면 아주 맛이 좋앞어요. 아버지는 그 차가 피를 맑게 해 몸에 좋다고 말했어요. 향에 익숙해지는 데 시간이 좀 걸리긴 해도 맛을 알고 나면 좋은 차였고, 아버지는 우리가 원하는 만큼 마실 수 있게 해주었지요.

메이플 시럽 파티는 내 다음 세대에 생겨난 것이라 가보진 못했네요. 저 위쪽 버몬트주에선 그게 오랜 풍습이었다지요. 아이들은 그릇에 소복이 눈을 담아 설탕으로 변하기 직전의 시럽을 부은 다음 제각기 사탕을 만들어 먹었어요. 그렇게 실컷 먹었으니 아마 그날 밤엔 달콤한 꿈을 꾸었을 거예요.

화이트 크리스마스

White Christmas, 1954년, 나무에 유채, 58.4×48.2cm

시럽 만들기

Sugaring Off, 1955년, 나무에 유채, 45.7×60.9cm

버몬트 시럽

Vermont Sugar, 1961년, 나무에 유채, 40.7×60.9cm

경매 2

Auction, Number 2, 1961년, 나무에 유채, 40.7×60.9cm

◇◇◇◇

　농장에서는 늘 한 해 동안 쓸 비누를 한 통씩 미리 만들어두었습니다. 여기저기서 모은 자투리 기름으로 만들었지요. 고기를 굽고 남은 기름도 종이나 천으로 걸러 비누 전용 냄비에 모아두었어요. 봄부터 작업을 시작했는데, 먼저 통에 나무 재를 담고 그 위에 물을 부어 잿물을 내립니다. 통 바닥에 구멍이 뚫려 있었지요. 잿물이 넉넉하게 준비되면 커다란 주전자에 잿물을 부은 다음, 모아둔 자투리 기름을 부어 주전자를 불에 올려놓고 끓입니다. 끓이면서 기름과 물, 잿물의 양을 조절합니다. 기름이 다 용해되면 완성된 비누를 써봅니다. 비누를 한 컵 정도 떠서 물에 타보았을 때 호박 빛깔을 띤 탱글탱글한 젤리 상태가 되면 잘 만들어진 거예요. 그러면 주전자의 비누를 통에 따라냅니다. 비누 만들기는 여자의 일이었어요. 아끼고 또 아끼며 살았던 우린 아무것도 낭비하지 않고 아무것도 버리지 않았지요.

　천을 짜고 실을 잣는 일도 내 어머니 세대부터 많이들 했어요. 그것만 해도 손이 워낙 많이 가는 일이라 여자들은 교육을 받을 시간도 없었지요. 양말 뜨기도 여자들 일이었어요. 먼저 양의 등에서 갓 밀어온 양털에서 실을 뽑고 그걸로 천을 짜거나 떠야 했지요. 그리고 남자들은 일명 '소금후추' 슈트를 입었는데, 이 슈트의 원단을 만들려면 양 떼 중에 검은 양 한 마리가 꼭 있어야 했어요. 검은 털실과 흰 털실을 섞어야 하거든요. 이렇게 만든 옷은 평생을 입었지요. 그러다가 내가 좀 더 자랐을 때 사람들이 면이나 울 원단을 비롯한 옷감을 뭐든 살 수 있게 되었어요.

그전에는 지금보다 옷에 풀을 먹이거나 표백하는 일이 많았습니다. 그래야 더 오래 입을 수 있었거든요. 풀을 씻어내면 옷이 깨끗해졌어요. 리넨 침대 시트도 풀을 먹였는데, 까끌까끌한 리넨에 풀을 먹이고 다림질까지 하면 촉감이 어땠을지 상상이 가지요? 침대 한쪽으로 들어갔다가 반대쪽으로 바로 빠져나갈 수도 있을 정도였어요! 리넨은 원래 흰색이 아니고 회색이었지만 표백하면 아주 하얘졌지요.

그 시절 시골에서는 학교를 여름에 석 달, 겨울에 석 달

다녔습니다. 여자아이들은 겨울에 학교에 자주 못 나갔
는데, 춥기도 했거니와 입고 나갈 따뜻한 옷도 없었어요.
나도 학교에 나가는 날이 많지 않았지만 대신 집안일을
거들거나 이웃집에 일손을 보태며 바쁘게 지냈습니다.

5월: 비누 만들기, 양떼 씻기기

May: Making Soap, Washing Sheep, 1945년,
나무에 유채, 43.1×60.9cm

시럽 만들기

Sugaring Off, 1942년,
연필 스케치한 보드에 템페라와 반짝이 가루, 55.9×66.7cm

집에서 보내는 크리스마스

Christmas at Home, 1946년, 45.7×58.4cm

마지막 지붕 덮인 다리

The Last Covered Bridge, 1944년,
캔버스에 유채, 92.1×114.3cm

할머니의 생가

Grandma's Birthplace, 1959년,
나무에 유채, 30.5×40.7cm

축제에 갈 생각에 오로지 가을만 기다리던 시절이 있었어요. 그 시절엔 즐길 거리라곤 가을 축제와 여름 소풍뿐이었고, 그 외의 나머지 시간에는 1년 내내 일해서 돈을 모으고 옷을 아껴 입었어요. 내가 난생처음으로 가본 축제는 1876년도의 주립 축제로, 트로이에서 올버니 사이에서 열렸습니다. 좋은 축제로 정평이 나 있는 데다가 에드윈 쏜이라는 주최 측 회장한테 초대를 받았습니다.

우리는 9월 10일에 사우스 케임브리지에서 출발해 증기기관차를 타고 존슨빌까지 갔어요. 난생처음 기차를 탔는데 도착하기 전에 심하게 멀미가 났어요. 우리는 한 시쯤 웨스트 트로이에 도착해서 맛있는 식사를 했습니다. 멀리 골웨이에서 온 젊은 사람들이 많았어요. 식사를 하고 나서 우리는 다 함께 배를 타고 축제장으로 들어갔어요. 우리가 가장 먼저 둘러본 곳은 꽃의 집이었는데, 와, 얼마나 근사하던지! 우리 집 화원도 예쁘긴 했지만 그곳에 비할 건 못 되었지요. 얼마나 곱고 화사했는지 몰라요. 우리는 해가 지도록 그곳에 머물렀어요. 다음날 아침에도 다 같이 축제장으로 돌아가서, 이번에는 새들의 집을 둘러보았지요. 문을 열고 들어가자 "안녕, 안녕, 폴리는 과자가 먹고 싶어"라는 앵무새 소리가 우릴 반겼습니다. 폴리는 아주 야무지게 말했어요. 앵무새를 본 건 그때가 처음이었지요. 그다음엔 스토브의 집을 둘러봤는데, 기다랗지만 그리 넓지는 않았고 햇볕이 잘 드는 건물이었어요. 한쪽 벽을 따라 갖가지 조리용 무쇠 스토브들이 준비되어 있었고 그 뒤에 요리사나 주방장이 서 있었어요. 우리가 스토브 앞을 지나가면 누군가가 조리한 음식을 조금씩 건네주었지요. 어떤 스토브에는 버터를 듬뿍 바른 따끈한 롤빵이, 또 어떤 스토브에는 따끈한 생강쿠키나 파이가 있었어요. 그런 식으로 죽 이어졌지요. 따로 식사를 할 필요가 없었을 뿐 아니라 받은 음식도 다 먹지도 못했어요. 전부 다 최고였어요. 참 좋은 시절이었지요. 핫도그니 샌드위치니 하는, 안에 뭐가 들어갔는지도 알 수 있는 그런 음식은 없었어요.

그러고 나서 우리는 음악의 집으로 갔어요. 악기로 가

득 찬 거대한 팔각형 건물 안에서는 내 목소리도 들리지 않았지만 참 근사했어요. 일행 중 몇 명은 가축들을 보러 갔고 나머지는 전시 중인 말들을 구경하러 갔어요. 나는 긴 스커트를 입은 여자들이 말 위에 옆으로 걸터앉아서 허들을 뛰어넘는 경기를 구경했지요. 경마는 신이 나긴 했지만 잘 이해가 안 갔어요. 어쨌든 축제가 열리던 사흘 은 참 즐거웠습니다.

분주한 거리

Busy Street, 1852년, 보드에 유채, 43.7×59cm

마을 축제

Country Fair, 1950년, 캔버스에 유채, 88.9×114.3cm

봄

Spring Time, 1953년, 메이소나이트에 유채, 45.7×60.3cm

봄이 되면 참 할 일이 많습니다. 이른 봄, 아직 눈발이 흩날릴 때 숲으로 가서 그 해 처음으로 피어난 아르부투스 꽃을, 눈 속에서도 피어나는 그 꽃을 찾아다니거나 갯버들을 꺾던 그날들이 그립습니다! 그럴 때면 하느님의 뜻 가까이, 대자연 가까이에 다가선 것 같은 기분이 들곤 했지요. 생각해보면, 대자연이야말로 우리가 진정 자유로울 수 있는 곳이고 아름다움과 평온을 간직한 곳이며, 삶의 소음에서 벗어나 고요해지기 위해 간절히 가고픈 그런 곳이 아닐까요.

건초를 만들 때가 돌아오면 농장 사람들은 온갖 곡물과 과일과 열매를 수확하고 아이들은 달걀을 모읍니다. 교회에서 소풍이라도 갈 때면 아이들은 케이크와 레모네이드, 수박과 땅콩을 마음껏 먹을 수 있었어요.

그러다가 가을이 되면 또 이런저런 할 일들이 있습니다. 다가올 겨울에 대비해 음식을 저장해야 하고, 땅이 얼어붙기 전에 호밀이나 여러 곡식들을 심을 땅을 갈아엎어야 하지요. 도랑도 파고, 도축할 가축을 추려야 해요.

추수감사절에는 웃음꽃이 피어나는 집이 있는가 하면 슬픔에 잠기는 집도 있습니다. 하지만 감사할 일들은 너무도 많습니다. 우리가 누리는 모든 축복과 풍요로움에 감사해야겠지요.

그러다 보면 겨울이 옵니다. 매서운 날씨가 찾아오는 계절이고, 머리에 혹이 나고 코피가 터질 때까지 스케이트를 타는 재미를 놓칠 수 없는 계절이지요. 얼음이 유리처럼 투명한 계절이기도 하고요. 다 함께 모여 크리스마스에 쓸 나무를 구하러 갈 때면 얼마나 신이 났는지 몰라요. 크리스마스트리를 꾸밀 공상을 하며 언덕을 미끄러져 내려올 때면 또 얼마나 설레었는지요.

참 그리운 날들입니다.

추수감사절 칠면조 잡기

Catching the Thanksgiving Turkey, 1943년,
나무에 유채, 45.7×60.9cm

추수철
In Harvest Time, 1945년, 나드에, 유채, 45.7×71.1cm

저기 좀 보게

Look Ye There, 1954년, 메이소나이트에 유채, 30.5×45.7cm

내 고향의 언덕

My Hills of Home, 1941년, 나무에 유채, 45.1×91.4cm

겨울의 후식 폴스

Hoosick Falls in Winter, 1944년, 하드보드에 유채, 50.1×60.3cm

2
부

남
부
에
서

◇◇◇◇◇

1886년 가을, 나는 실베스터 제임스 씨의 집으로 들어가 집안일을 하고 그의 병약한 부인을 간호하고 어린아이들을 돌보는 일을 시작했습니다. 그 전년도에도 잠시 그 집에 있었지만 그땐 톰 도일이라는 사람이 일꾼으로 있었어요.

어느 날 저녁, 그 집에 도착해보니 꼬마 아서 제임스가 내 손을 잡으며 말했습니다. "메리 누나, 부엌에 가서 톰 아저씨한테 인사해." 나는 아서를 따라 톰 도일을 만나러 부엌으로 갔어요. 그때 톰한테 좀 관심이 있었거든요. 톰은 머리카락이 검고 뺨이 장밋빛인 청년이었는데, 부엌에 갔더니 키가 크고 눈이 파란 남자가 서 있는 게 아니겠어요? 톰은 톰인데, 톰 도일이 아니었어요. 인사를 하고는 다시 거실로 나가 저녁 식사 때까지 거기 있었어요. 그 댁 아이들하고 참 허물없이 지냈는데, 지금은 모두 세상을 떠나고 없네요. 그 아버지와 어머니도, 애나와 아서와 리나도.

어쨌든 부엌에서 만난 톰은 나중에 알고 보니 이름이

토마스 새먼 모지스였습니다. 그는 실베스터 제임스 씨가 고용한 일꾼이었고 나는 가정부였어요. 상황이 상황이다 보니 우리는 자연스럽게 친해졌어요. 토마스는 내 요리 솜씨가 훌륭하다고 생각했고 나는 토마스가 반듯한 집안에서 자란 차분하고 검소한 남자라고 생각했어요. 그 시절엔 돈 많은 남자가 아니라 집안이 반듯하고 평판이 좋은 남자를 찾았거든요. 닭이나 훔치고 다니는 남자들도 많았으니까요. 돈 많은 남자를 좋아하는 여자들도 많지만, 그런 감정은 남자가 돈이 떨어지는 순간 식어버리게 마련이지요.

토마스는 평생 농장에서 살았어요. 일하는 걸 좋아했고, 손재주가 좋아 못 하는 게 없었지요. 시간이 흐르면서 우린 친구가 되었고, 나는 그가 좋아졌습니다. 토마스는 훌륭한 사람이었고, 나보다 나은 사람이었어요. 기독교인이라 늘 베풀며 살았지요. 어느덧 우리는 약혼을 하게 되었습니다. 그는 절대 내 곁을 떠나지 않겠노라고 약속했고, 실제로 한 번도 날 떠난 적이 없어요. 언제나 내

곁에 있어주었지요. 지금까지도.

　결혼 생활을 시작하면서 나는 우리 부부가 한 팀이라고 생각했기 때문에 남편이 일하는 만큼 나도 일해야 한다고 생각했습니다. 가만히 앉아 누군가 사탕을 던져주길 기다리는 여자가 아니었어요. 항상 내 몫을 하려 노력했지요.

눈보라

A Blizzard, 1958년, 나무에 유채, 40.7×61cm

오래된 오크 물동이

Old Oaken Bucket, 1943년, 보드에 유채, 55.9×71.1cm

건초 만들기

Haying Time, 1945년, 나무에 유채, 60.9×76.2cm

썰매를 꺼내자

Get Out the Sleigh, 1960년, 나무에 유채, 40.7×60.9cm

◇◇◇◇◇

여동생 세라가 꽃다발을 들고 왔습니다. 나는 깜짝 놀랐어요. 노란 국화였는데, 날이 추워지기 전에 국화를 따서 지하실에 숨겨두고 있었다더군요. 세라는 국화가 결혼식에 어울리는 꽃은 아니지만 구할 수 있는 꽃이 그것밖에 없었다고 했어요. 노란색은 질투를 부른다는 말이 있었거든요. 나는 그 꽃다발을 토마스의 할머니에게 드렸는데, 할머니는 꽃다발을 오랫동안 갖고 있었어요.

남동생 조지프가 기차역까지 나를 데려다주었어요. 나는 고마운 마음에 조지프에게 1달러를 주었고 조지프는 행운의 동전이라며 그 동전을 평생 간직했습니다. 나는 이글 브리지에서 후식 폴스까지 가는 기차를 탔는데, 후식 폴스에서 토마스와 그이의 누나인 마리아를 만날 예정이었습니다. 그러고는 토마스의 집으로 가서 다른 시누이들을 만나고, 식사를 하면서 그의 일가친척을 더 만나기로 되어 있었지요. 그중에는 대서양을 사이에 두고 양쪽 대륙에서 40년씩 거주하신 토마스의 할머니도 있었고, 후식 폴스의 유명인사라는 친척도 있었어요. 아주 좋은 분이었지요.

식사 후 토마스의 남동생 월터가 마차로 결혼식 장소인 목사님 집까지 데려다주었습니다. 그 시절엔 결혼식을 거창하게 하지 않았기 때문에 결혼식이라고 말하기도 좀 그랬어요. 대충 식을 올리는 게 관례였지요.

들러리는 매티 모지스와 약혼자인 찰리 프레블이 서주었습니다. 결혼식은 해가 저물기 시작하는 다섯 시쯤 치렀지요. 토마스는 검은색을 입고 있었고 나는 짙은 초록색 드레스에 같은 색 재킷을 입고, 역시 같은 색에 분홍색 깃털 장식이 달린 모자를 썼어요. 거기에 긴 검은색 양말을 신은 다음 단추 달린 발목 부츠를 신었습니다. 스커트를 얼마나 많이 껴입었는지 따로 외투를 입을 필요도 없었어요. 드레스의 앞면 전체에 꼬임 장식이 들어가 있었고, 긴 재킷에도 꼬임 장식이 있었어요. 장갑은 황갈색이었는데 암사슴 가죽이라고 들었어요. 그리고 물론, 반지도 끼었지요.

그런데 나는 반지에 별로 관심이 없었어요. 오히려 요

즘엔 그때보다 관심이 있는 편인데, 보석을 볼 기회가 많아져서 그런지도 모르겠습니다.

손가방은 들지 않고 돈지갑만 녹색 재킷 주머니에 넣었습니다. 나머지는 토마스가 들고 다녔고 나는 30달러만 몸에 지니고 있었지요. 토마스의 여동생이 가방을 만들어주었는데, 빨간 원단을 사서 손바느질을 한 가방이었어요. 토마스는 그 가방에 돈을 넣어 속셔츠 밑에 보관했고, 그날 쓸 돈만 꺼내두었지요. 우린 가진 돈이 별로 없었어요. 남부로 갈 때 우리 둘이 가진 돈을 합쳐도 600달러밖에 되지 않았던 것 같아요. 그래도 그땐 그 돈이면 지금보다는 훨씬 더 오래 쓸 수 있었지요.

목사의 부인이 우릴 위해 웨딩케이크와 음식을 준비했지만 우린 갈 길이 멀었습니다. 케이크가 참 예뻤는데, 고맙다는 인사만 하고 떠나야 했지요. 우리는 서둘러 뉴욕행 기차를 타러 가야 했어요. 그런데 글쎄, 그 기차가 우리를 위해 특별히 대절된 것이었더라고요. 온 동네 사람들이 전부 다 기차에 탄 걸 보고 알 수 있었지요. 모두가 우릴 축하해주러 나온 거였어요. 사람들이 마을에서 가장 참한 아가씨를 데려간다며 토마스에게 편잔을 주었습니다.

내년까지 안녕

So Long 'Til Next Year, 1960년, 나무에 유채, 40.6×60.9cm

이글 브리지 호텔

Eagle Bridge Hotel, 1959년, 나무에 유채, 40.7×60.9cm

1860년, 1940년

Year 1860, Year 1940, 1940년,
보드에 유채, 66×53.3cm

우리 아가 오나는 얼마나 순했는지 참 키우기가 수월했어요. 우리가 한창 바쁘게 살던 시절이었지요. 밤에도 우유를 젓고 버터를 찍어내야 할때도 있었고, 매일 새벽 한 시에 일어나 채소를 뽑아 수레에 실어야만 네 시에 출발해서 일곱 시에 스톤턴에 도착할 수 있었으니까요. 여섯 달 동안 이틀에 한 번 채소를 실어 날랐습니다. 고된 일이었지만 경제적으로는 그만큼 보탬이 되었지요.

하루는 토마스가 소작농 집을 지나가다가 꽃이 흐드러지게 핀 층층나무를 보았습니다. 가지 하나를 꺾어 집으로 들고 왔는데, 나무의 절반을 뽑아 왔다고 해도 믿을 만큼 커다랬고 가지 전체에 꽃이 피어 있었어요. 토마스는 가지를 물병에 넣어 한쪽 벽으로 붙여 놓고 못을 몇 개를 박아 쓰러지지 않게 가지를 받쳐주었습니다. 가지가 천장까지 닿았거든요. 식당의 한 면을 가득 채운 가지는 한 달 가까이 꽃을 피웠어요. 정말 믿을 수 없을 정도로 아름다웠지요. 그렇게 아름다운 건 그때까지 본 적이 없었고 그 이후에도 보지 못했어요.

1889년 여름, 어린 모지스가 제힘으로 앉을 수 있게 되자 나는 아기를 베란다로 데리고 나가서 고양이와 새들을 볼 수 있도록 작은 퀼트를 깔고 그 위에 앉혀놓았어요. 고양이들은 아기를 퍽 좋아해서 어느 틈엔가 다가와 몸을 비비곤 했어요. 아기가 조금 자라 고양이 꼬리를 덥석 잡을 수 있게 되면서부터는 고양이를 붙잡은 채로 아기가 베란다 밖으로 질질 끌려 나가는 일이 다반사였지요. 그럴 때면 다쳐서 우는 아기를 일으켜 세워 한참을 달래주어야 했어요. 그런 일이 자꾸 반복되다 보니 안 되겠다 싶었어요. 하지만 쫓아버리기엔 너무 커다랗고 예쁜 고양이들이었지요. 하루는 남편이 고양이들을 자루에 넣어 채소 수레에 실었습니다. 여울을 건너 고양이를 풀어줄 생각이었대요. 그런데 여울을 두 번이나 건너고 나서야 그 생각이 들어 거기에 고양이를 풀어주고 돌아왔습니다. 2주가 지나자 어쩐지 적적한 것 같고 녀석들이 보고 싶었습니다. 원래 동물들이란 가까이 지내다 보면 정이 들게 마련이니까요. 그러던 어느 날, 아침 일찍 베란다에 나갔는데 글쎄 우리 고양이 키티 스눅스가 홀딱 젖은 채 앉아 있지 뭡니까? 우유를 찾고 있었는지 타이거는 헛간에 가 있더군요. 25킬로미터나 되는 거리였는데, 용케도 길을 찾고 여울을 두 번이나 건너서 돌아온 거였어요. 도무지 있을 법하지 않은 일이었지요.

아기를 위한 그네도 만들었습니다. 침대 커버로 아이 몸에 꼭 맞는 작은 의자를 만들고 천장에 달린 튼튼한 용수철에 의자를 매달았지요. 그렇게 해서 아기는 고양이들로부터 멀찌감치 떨어져 있을 수 있었습니다.

자장자장

Rockabye, 1957년, 30.1×40.6cm

봄 풍경

Springtime Landscape,
메이소나이트에 유채, 24.8×30.5cm

1860년 옛 체크무늬 집

The Old Checkered House in 1860. 1942년. 나무에 유채, 40.7×50.8cm

벌목

Logging, 1957년, 나무에 유채, 40.3×60.9cm

늦여름이면 사과 버터를 만들었어요. 그때만 해도 사과 버터는 집집마다 없어서는 안 될 필수품으로 여겨졌지요. 초여름에는 버찌 버터를 갤런 단위로 만들었는데, 버찌 버터를 담았던 통을 지금도 하나 갖고 있답니다.

사과 버터를 만들려면 미리 갈아서 즙을 낸 사과를 배럴 통 두 개 분량으로 준비해야 합니다. 그 사과즙을 커다란 놋쇠 주전자에 붓고는 과수원에 피워놓은 모닥불에 끓여줍니다. 그다음엔 4등분한 사과를 세 통 분량만큼 준비해서 사과씨를 빼고 주전자에 조금씩 넣으면서 젓개로 계속 휘휘 저어줍니다. 젓개는 주전자 안에 세워놓을 수 있을 정도로 기다란 막대인데 끝부분에 바닥을 훑는 짧은 막대를 수직으로 박아놓았지요. 여자들은 사과즙을 계속 휘휘 저으며 날이 저물도록 사과를 넣었어요. 그리고 나면 아이들이 휘저을 차례가 되었지요. 남자아이 하나와 여자아이 하나가 젓개의 손잡이를 함께 잡았습니다. 밤이 깊어지도록 과수원에서는 그야말로 신나는 놀이가 계속되었지요. 아침 일찍부터 만들기 시작하면 자정 무렵까지 저어야만 사과 버터가 걸쭉해졌어요. 달고 맛있게 먹으려면 이때 설탕을 10킬로그램 정도 부어야 하는데, 취향에 따라 계피나 정향유를 넣어가면서, 적당히 새콤달콤하고 풍미가 난다 싶을 때까지 계속 맛을 봅니다. 그다음엔 통들을 꺼내, 한풀이 꺾여서 너무 뜨겁지 않은 모닥불 주위에 늘어놓습니다. 우리는 사과 버터를 한 번에 40갤런씩 만들곤 했어요. 사과 버터는 과일 절임 젤리와 아주 비슷했습니다.

사과 버터 만들기

Apple Butter Making, 1947년, 나무에 유채, 48.9×59.1cm

버스커크 다리

Buskirk Bridge, 1955년, 메이소나이트에 유채, 28.3×41cm

안장주머니

Saddle Bags, 1950년, 메이소나이트에 유채, 48.3×61cm

완전한

Total, 1941년, 보드에 템페라, 29.2×30.5cm

◇◇◇◇◇

　1889년 겨울, 매주 사과 버터를 시내에 내다 팔 생각이었는데, 눈이 너무 수북이 쌓이면 그 위로 살얼음이 얼어서 말을 모는 게 위험해졌습니다. 그럴 때면 집집마다 노새를 끌고 나와 도로 위로 노새를 몰아 얼음을 깨트려야 했지요. 우리 집에는 노새 두 마리 있었는데 체구가 작은 녀석들이라 얼음에 다리를 베일 염려는 없었습니다. 남부에서는 그해 내가 본 것 중 가장 많은 눈이 쌓였습니다. 눈발도 굵었고요. 하지만 오랫동안 눈이 오진 않아서 사흘 남짓 내리곤 했습니다.

강 건너 할머니 댁으로

Over the River to Grandma's, 1944년,
메이소나이트에 유채와 반짝이 가루, 61.6×76.2cm

강 건너 할머니 댁으로

Over the River to Grandmother's House, 1945년,
나무에 유채, 30.5×50.8cm

◇◇◇◇

1891년 추수감사절, 남편의 남동생 월터와 그의 아내 조이가 온다는 소식을 듣고 기차역으로 마중을 나갔습니다. 날씨가 따듯해서 문과 창문을 모두 열어두었지요. 그맘때 버지니아주에는 눈이 오지 않았어요. 추수감사절에 이동을 하려면 썰매를 타야 했던 북부와는 사뭇 달랐지요. 월터 부부를 위해 추수감사절 식사를 준비하기로 한 나는 칠면조 구이에 온갖 음식을 곁들여냈습니다. 식사를 마치고 난 뒤에는 호두나무가 줄지어 늘어선 강가를 따라 산책을 했고 호두도 수북이 담아 왔습니다.

추수감사절 칠면조

Thanksgiving Turkey, 1943년, 나무에 유채, 40.6×50.8cm

칠면조

Turkey, 1958년, 나무에 유채, 40.7×60.9cm

얼음이 꽁꽁

The Ice Is Good, 1961년, 나무에 유채, 40.7×60.9cm

◇◇◇◇

더들리 농장으로 들어간 뒤 우리는 흑인 일꾼을 고용했습니다. 어렸을 때 앤디 베일리로 불리다가 베일리 씨를 떠나 스튜어트 씨 밑에서 일하게 되면서 앤디 스튜어트라고 불렸던 사람이었어요. 세 살 무렵 해방이 되었다는데 그 이후로도 여전히 주인의 이름을 사용했습니다. 본래 자기 이름이 없었기 때문이지요. 우리와 함께 산 9년 동안은 앤디 모지스로 살았습니다. 편지가 올 때나 사람들이 그를 찾으려면 부를 이름이 있어야 했으니까요.

앤디는 밭을 가는 일이나 건초 만드는 일을 거들었는데, 사람이 그렇게 충직할 수가 없었어요. 우리에겐 가족이나 마찬가지였는데 절대로 우리와 한 식탁에 앉으려 하지 않았습니다. 단 한 번도 그런 적이 없었어요. 자기가 있을 자리가 아니라고 생각했지요. 남부에서는 흑인들이 부엌에서 식사를 하는 게 당연하게 여겨지고 있었어요. 우리가 병이 나면 병간호도 해주었고 우리가 원하면 커피나 차와 토스트도 만들어주었지요. 어쨌든 우리와 한 지붕 아래 살았고, 자기 방도 따로 있었고, 말이나 마차 같은 자기 물건도 우리 집에 두었습니다. 주중에는 우리 집 아이들을 데리고 바람을 쐬러 나가기도 했어요. 일요일에는 마차를 몰고 나갔어요. 그 당시에 아이들은 여름에도 옷을 많이 껴입었는데, 앤디는 우리 집 사내 녀석들을 헛간 쪽으로 데리고 가서 아랫도리를 벗기고 통풍을 시켜주곤 했답니다. 마치 친자식처럼 마음을 써주었어요.

어느 날 저녁, 찰리와 토마스는 부엌에 앉아 이야기를 나누고 있고 나와 매티는 피곤해서 그만 자러 올라가려던 참이었습니다. 앤디가 아직 돌아오질 않아서 문 밖으로 나가보았지요. 달빛이 환한 아름다운 밤이었습니다. 뒤쪽 부엌 베란다에서 몸을 내밀고 내다보던 매티가 말했어요. "저기 오는 짐마차 보여요? 앤디가 오네요." "그러게. 앤디가 맞는 것 같네요." 내가 대답했지요. 그러자 매티가 이렇게 말했어요. "혼이 쏙 빠지게 앤디를 놀래주면 새미있지 않을까요" "그거 좋죠. 그런데 어떤 장난을 쳐볼까요" "이렇게 하면 어떨까요? 허수아비를 만들어서 헛간 안에 세워두는 거예요." "좋아요."

　그래서 우리는 아래층 세탁실로 달려 내려갔습니다. 대야에 식탁보와 침대 시트, 멜빵바지, 셔츠 등 다음날 아침에 세탁할 더러운 빨래가 가득 쌓여 있었어요. 우리는 멜빵바지에 더러운 옷가지를 빵빵하게 채워 넣고 셔츠 속을 채워서 서로 이어붙인 다음 베갯잇을 채워 만든 머리를 셔츠에 붙여 사람 형상을 만들었어요. 그러고는 침대 시트 한 장과 식탁보를 들고 마차를 보관하는 헛간으로 뛰어갔어요. 헛간 천장에는 커다란 바퀴가 매달려 있었어요. 매티는 바퀴까지 기어올라가서 그 위로 시트를 덮어씌우고는 문이 열려 바람이 들어오면 펄럭이게 만들었지요. 그러고는 허수아비를 시트에 매달아놓고 시트 한쪽 끝을 문에 묶어 놓았어요. 아주 치밀한 작전이었지요. 가엾은 앤디! 그렇게 준비를 해놓고 나니 마차 소리가 들려서 얼른 헛간 뒤쪽으로 피했어요. 우리는 벽돌 담장 밑에 숨어 앤디의 기척에 귀를 기울였습니다. 앤디는 노래를 흥얼거리며 헛간으로 다가오더군요. 잠시 침

오래된 흑인 오두막집

Old Darkey Cabin, 1958년,
보드에 유채와 렘페라, 28.3×48.5cm

묵이 흘렀습니다. 앤디는 말을 풀어 마구간으로 들여놓은 다음 마차를 넣으러 돌아왔어요. 앤디가 문을 여는 순간, 허수아비가 밑으로 떨어졌어요. 앤디의 표현에 의하면, 죽은 남자가 그를 정면으로 덮쳤답니다. 앤디가 집으로 뛰어가는 소리가 들렸고, 우리는 각자 방으로 뛰어갔어요. 매티는 제 방으로 돌아가 베갯잇으로 입을 틀어막았고 나는 내 방에서 베개에 얼굴을 파묻고 있었어요. 가까스로 진정을 시키고 나니 앤디가 자기 방으로 들어가는 소리가 들리더군요. "아이고 세상에! 세상에 맙소사. 주인어른, 주인어른! 어서 이리 좀 와보세요. 저기 웬 남자가 죽어 있어요!" 토마스와 찰리가 무슨 소란인지 보려고 나왔습니다. 짚이는 데가 있는지 토마스가 우리 방 쪽에 대고 소리를 질렀습니다. "혹시 두 사람 무슨 장난 친 거 아니요" 웬걸요. 우린 곤히 잠들어 있었지요. "어서 와보세요, 주인어른!" 그래서 우리 남편들은 시체를 보러 서둘러 계단을 내려가면서 앤디에게 자초지종을 들었습니다. 토마스는 모르긴 해도 누군가 고약한 장난을 친 거라고 생각했는데, 현장을 보자마자 누구 소행인지 바로 알겠더라고 하더군요.

이튿날 앤디는 나와 매티와는 눈도 마주치지 않았고 말도 섞지 않았어요. 그래서 매티가 앤디에게 한마디 했지요. "그러게 그렇게 밤늦도록 쏘다니래" 앤디가 돌아온 건 밤 열 시였거든요.

마녀들

Witches, 1960년, 나무에 유채, 40.7×60.9cm

서리 내린 날

A Frosty Day, 1951년, 나무에 유채, 45.7×60.9cm

수액 받기

Gathering Sap, 1944년, 보드에 유채, 20.3×25.4cm

◇◇◇◇◇

나는 아이를 열 낳았는데, 그중 다섯만 무사히 자랐습니다. 한 명은 6주를 살았고, 나머지 넷은 죽은 채 태어났어요. 그런 걸 사산이라고 하죠. 하지만 그 아이들에게도 제대로 된 무덤을 만들어주고 싶었습니다.

아름다운 세넌도어 밸리에 나는 조그만 무덤 다섯 개를 남겨두고 왔습니다.

셰넌도어 밸리, 남쪽 지류

Shenandoah Valley, South Branch, 1938년경,

유포(油布)에 유채, 50.2×35.5cm

조용한 마을

Quiet Village, 1961년, 메이소나이트에 유채, 40.6×61cm

죽은 나무

The Dead Tree, 1948년, 나무에 유채, 40.6×50.8cm

대장간

Blacksmith Shop, 1951년, 40.6×71.1cm

두세 살 무렵 막내아들 휴는 개를 키우고 싶어 했습니다. 1페니를 갖고 있던 휴는 아빠에게 그 동전을 내놓으면서 개를 한 마리 사달라고 졸랐어요. 결국 어느 날 저녁 토마스는 코트 안주머니에 조그만 강아지 한 마리를 넣고 집으로 돌아왔습니다. 비가 내리는 저녁이었어요. 식당으로 들어온 토마스는 휴가 쫓아와 무릎을 타고 올라와 군것질거리가 없나 보려고 주머니를 뒤질 줄 알고 있었지요. 식당으로 달려온 휴가 제 아빠의 주머니 속에 손을 넣었는데, 조그만 강아지가 만져지는 바람에 겁을 집어먹고는 아빠 무릎에서 뛰어내려 오나 누나의 품으로 쪼르르 달려가더군요. 아빠의 주머니 속에 있는 물건의 느낌이 이상했겠지요. 당시 우리 집에는 조그맣고 움푹한 하늘색 그릇이 하나 있었는데, 남편은 강아지를 그 그릇에 넣었어요. 얼마나 작았는지 그릇에 머리까지 쏙 들어갔어요.

1년 가까이 강아지는 오나가 돌봐야 했습니다. 오나는 네 발 달린 동물이라면 무조건 좋아했지요. 우린 그 강아지를 무척 아꼈고 20년을 함께 했습니다. 녀석의 이름은 브라우니였고, 훗날 눈이 멀어버렸지만, 나의 손자이자 휴의 장남인 에드워드가 아기였을 때에도 우리 곁에 있었습니다.

주디스 이모 오시네

Here Comes Aunt Judith, 1946년,
나무에 유채, 45.7×58.4cm

가을이므로

For This Is the Fall of the Year, 1947년,
나무에 유채, 40.7×55.3cm

눈 온다, 와 눈이 온다

It Snows, Oh It Snows, 1951년, 나무에 유채, 60.9×76.2cm

152

3
부

이
글
브
리
지
에
서

그렇게 시간이 흘렀습니다. 농장에서는 늘 그날이 그날 같고, 달라지는 거라곤 계절밖에 없지요.

이른 아침 해가 뜨기 전에 나는 옷을 갈아입고 불을 지피고 찻물을 끓인 다음, 닭장으로 나가 닭들에게 모이와 물을 주고, 들어와 아침 식사를 차리고, 일꾼들을 식탁으로 불러모읍니다. 그때쯤 남자들이 우유를 짜고, 말들을 빗질하고 먹여서 일 시킬 준비를 마칩니다. 커피와 팬케이크가 준비되고 모두 아침 식사를 합니다. 그런 다음 대여섯 시간을 내리 밭에 나가 있다가 집으로 돌아오지요. 집에서 든든하게 점심 식사를 하고 해질 무렵까지 다시 일을 합니다. 그리고 저녁 식사를 하고 우유를 짭니다. 그러고 나면 어떤 집에서는 성경 한 장을 낭독하고 기도를 하고, 또 다른 하루를 시작하기 위해 잠자리에 들지요.

규칙적인 일상이 반복되었습니다. 월요일엔 빨래를 했고, 화요일엔 다림질과 수선을 했고, 수요일은 빵을 굽고 청소를 했고, 목요일엔 바느질을 했고, 금요일엔 바느질과 더불어 정원이나 화단 가꾸기 같은 잡다한 일들을 했어요. 우리는 바느질이며 청소며 도배며 페인트칠이며 모두 직접 하는 검소한 농부들이었지요. 봄에는 단풍나무에서 수액을 받아 시럽과 설탕을 만들었고, 한 해 동안 쓸 물비누를 한 통 가득 만들었습니다. 그러면 어느덧 대청소를 할 때가 되고, 청소를 끝내기 전에 작은 과일을 수확할 때가 오지요. 그 틈틈이 집안일도 해야 했습니다. 이 모든 일들이 여자들과 아이들의 몫이었어요. 대가족이 함께 살다 보면 병치레가 잦기 마련이었는데, 죽음의 문턱까지 가지 않는 이상 의사를 부르지 않고 집에서 간호했습니다.

봄에 옥수수를 심고 나면 서커스단이 마을을 찾았고, 그럴 때면 서커스를 구경하라고 남자아이들은 하루를 쉬게 했습니다. 여자아이들은 여름 소풍까지 기다려야 했지요. 어른들은 박람회에 참가했는데, 농부들과 농부의 아내들은 박람회에 농작물을 출품해야 했습니다.

이렇게 한 해, 또 한 해가 흘러갔습니다.

말굽 박기

Horseshoeing, 1960년, 나무에 유채, 40.7×60.9cm

헛간 지붕 고치기

Barn Roofing, 1951년, 나무에 유채, 45.6×61cm

옛날식 눈 다짐기

The Old Snow Roller, 1948년,
메이소나이트에 유채, 39.4×50.8cm

농장에 찾아온 이른 봄

Early Springtime on the Farm, 1945년,
나무에 유채, 40.7×65.4cm

◇◇◇◇◇

딸 애나는 성품이 온화했어요. 다정하고 쾌활한 아이였지요. 애나가 집에 있으면 늘 친구들이 몰려왔고, 항상 재미있는 놀이를 했어요. 나는 애나의 친구들이 집에 오는 걸 전혀 개의치 않았습니다. 하루 세 끼 우리가 무얼 먹건, 애나의 친구들도 언제든 환영이었지요. 나는 늘 빵을 넉넉히 만들어두었고 설탕쿠키와 생강쿠키를 한 통씩 준비해두었습니다.

기다란 빵을 매주 굽곤 했어요. 찬장 선반에도 항상 파이와 빵을 올려두었습니다. 그런데 맛있게 구워놓은 빵을 내오려고 찬장에 가보면 빵이 없는 것 아니겠어요. 아들 녀석들이 한발 앞서 가져가버린 것이었지요. 그래서 나는 마구간에서 띠쇠를 가져다가 찬장에 자물쇠를 달았습니다. 일주일은 무사히 지나갔어요. 그러던 어느 날, 찬장에 두었던 초콜릿케이크가 또 사라져버린 거예요. 문이 잠겨 있었는데도 감쪽같이 사라졌지요. 결국 우리는 케이크 없이 식사를 했어요. 알고 보니 아들 녀석들이 석탄용 끌을 가지고 문에 박아놓은 철심을 뽑아냈던 거였어요. 철심을 도로 구멍에 넣어 놓아서 며칠이 지난 뒤에야 그게 느슨해져 있다는 걸 알았지요. 녀석들을 야단치려 하면 온갖 변명을 늘어놓으면서 "아무튼 진짜 맛있었어요. 그렇게 맛있는 케이크는 아마 다시는 못 먹을 거예요!"라고들 하니, 내가 뭐라 하겠어요? 배고파서 맛있게 먹었다는데.

나는 아이들을 크게 혼낸 일이 거의 없었어요. 다만, 남부에서 아들들이 어렸을 때 매를 든 적이 있는데, 한 명만 혼내면 그 아이만 놀림을 받으니까 모두에게 회초리를 들었지요. 아이들에게 라일락 덤불에서 회초리를 직접 꺾어 오라고 했어요. 그것도 벌의 일부였습니다. 하지만 세게 때린 적은 없습니다. 그 시절엔 아이들을 세게 때리는 걸 많이 봤는데도 말이에요. 우리 아이들은 착했어요. 내 아이들은 늘 그랬어요.

나는 다혈질처럼 흥분해서 난리를 피운 적은 거의 없었던 것 같습니다. 젊었을 때도 그런 적이 없어요. 화가 나면 그저 가만히 머릿속으로 '이쉬카비블'이라고 말해요.

무슨 뜻인지는 모르겠지만 당시엔 흔히들 쓰는 표현이었고, '악마에게나 잡혀가라'와 비슷한 의미라고 하더군요. 사람이 흥분을 하게 되면, 몇 분만 지나도 안 할 말과 행동을 하게 되지요. 하지만 벌컥 화를 내버리는 게 앙심을 품고 꽁해 있는 것보다 나을 때도 있습니다. 꽁해 있다 보면 자기 속만 썩어 들어가니까요.

오늘은 휴교

No School Today, 1947년,
메이소나이트에 유채, 59.7×90.8cm

오래된 물동이

The Old Bucket, 1960년, 나무에 유채, 40.4×60.9cm

케임브리지 밸리

Cambridge Valley, 1942년, 나무에 유채, 59.6×68.9cm

칠면조 잡기
Catching the Turkey, 1940년, 나무에 유채, 30.5×40.7cm

우리 집 아이들은 워낙 개구쟁이라 항상 또래 아이들과 어울려 장난치기 바빴어요. 릴 자매가 우리 집에서 이삼 주 묵었던 적이 있었는데, 그때 어지간히도 장난을 치면서 놀더군요. 한번은 토마스가 식탁에서 일어서자마자 한 아이가 다른 아이에게 물을 뿌리더니 곧바로 또 다른 아이가 물을 뿌리는 거예요. 그길로 물싸움이 시작되어서 몇 명은 밖에 있는 펌프로 뛰어가 아예 양동이째로 물을 들이붓기 시작했지요. 몇 사람은 위층으로 피해 올라가서 창문에서 물을 뿌렸어요. 창문 아래 있는 아이들에게 거의 익사 직전까지 물을 뿌려댔어요. 물싸움이 치열해지면서 밖에 있는 아이들도 창문 안으로 연신 물을 퍼부어대는 바람에 물이 계단을 타고 식당까지 흘러내려 왔습니다. 그러자 릴 자매 중 한 명이 내게 말하더군요. 만약 자기네 집 같았다면 절대로 자기들을 가만두지 않았을 거라고. 나는 아이들이 아직 어리기 때문에 신나게 놀 수 있을 때 놀게 내버려둬야 한다고 생각했습니다. 나이가 들면 그런 일들이 웃으며 회상할 수 있는 추억이 되니까요. 정말 그렇더라고요.

　우리 집은 항상 떠들썩하고 행복한 집이었습니다. 남편도 아이들하고 똑같아서, 그 틈에 섞여 재밌게 놀았습니다.

산타 할아버지 기다리기
Waiting for Santa Claus, 1960년, 나무에 유채, 30.5×40.7cm

산타클로스 II

Santa Claus II, 1960년, 40.6×60.9cm

시럽 만들 시간

Sugaring Time, 1954년,
메이소나이트에 유채와 반짝이 가루, 45.7×61cm

포라스트 모지스의 집
Forrest Moses' Home, 1952년, 나무에 유채, 30.3×40.7cm

◇◇◇◇◇

그 시절 나는 온 가족이 먹을 음식을 만들고 온 가족의 빨래를 했습니다. 빨래하는 날이 돌아오면 오래전 학교 교재에서 읽었던 시를 떠올리곤 했지요.

월요일은 빨래의 날,
빨래를 널었는데
바람이 줄 흔들어
빨래가 날아가네.

윗도리와 속치마
마녀처럼 날아가고,
아끼던 바지마저
저만치 날아가네.

날아가는 내 바지,
붙잡기엔 늦었네
임프가 입었는지
가랑이에 구멍 났네.

어린 시절, 우리는 월요일마다 아침 일찍부터 나무 빨래통 두 개와 받침대, 빨래판, 빨래를 넣고 방망이질하는 통, 양동이 두 개를 지하실에서 내어왔고, 그 물건들이 그 시절 우리의 세탁기였습니다. 집에서 멀리 떨어진 샘에서 물을 길어와야 했지만 길어올 물이 있는 것만으로도 감사했지요. 꾀를 부리지 않으면 열한 시가 되기 전에 눈처럼 하얗게 빨아서 넌 빨래가 바람에 팔락거렸어요.

냉장고라곤 아주 깊은 우물밖에 없었는데, 버터나 버터를 만들 크림처럼 상하기 쉬운 음식은 커다란 바구니나 양철통에 넣어서 밧줄이나 쇠사슬에 매달아 우물 안에 내려두었습니다.

빨래 걷기

Taking in Laundry, 1951년, 나무에 유채, 43.18×55.2cm

흐린 날
Grey Day, 1952년, 나무에 유채, 45.7×60.9cm

검은 말들

Black Horses, 1942년, 나무에 유재, 50.8×60.9cm

크리스마스의 나그네

A Tramp on Christmas Day
(also known as A Tramp on Thanksgiving day),
1945년, 나무에 유채, 40.6×50.5cm

애나가 집을 떠나기 전에 나는 처음으로 투표를 했습니다. 나는 여자도 투표를 할 수 있어야 한다고 생각합니다. 여자도 남자와 똑같이 일하는데 목소리를 못 내서야 되겠습니까? 남자보다 일을 잘 하는 여자도 얼마든지 있고요. 여자가 가정을 돌보아야 한다고 해도 가정을 돌보는 것에 관한 자기주장을 펼 수 있어야 하지요. 투표권을 갖게 된 이후 여성들은 더 많은 자유를 누리게 되었습니다. 고된 허드렛일도 예전보다 줄었지요. 교육을 받고 투표를 함으로써 자녀들의 학교 문제에도 더 많은 의견을 낼 수 있게 되었습니다. 여자가 사회생활을 하고 싶다면 얼마든지 할 수 있겠지만 그렇게 되면 집안일에서는 손을 떼야겠지요. 둘 다 잘 할 수는 없을 테니까요.

펜실베이니아 헛간

Pennsylvania Barn, 1954년,
메이소나이트에 유채, 27.9×38.7cm

10월

October, 1954년, 메이소나이트에 유채, 30.5×45.7cm

7월 4일
July Fourth, 1951년, 60.6×75.2cm

겨울의 오래된 오크 물동이

Old Oaken Bucket in Winter, 1952년,
나무에 유채, 45.7×60.9cm

1927년 1월 15일은 날씨가 무척 나빴어요. 눈보라가 거세게 불었지요. 열 시쯤 나무를 하러 나간 토마스가 땔감을 꽤 들고 돌아올 줄 알았는데, 빈손으로 돌아왔어요. "여보, 당신 어디 아파요" 내가 물었어요. 그때 토마스는 하루가 멀다 하고 두통 때문에 고생을 했거든요. "아니요. 근데 너무 춥네요." 토마스가 말했어요. 정말 추운 날이었어요. "불 옆에 딱 붙어 앉아 있어요. 내가 생강차를 좀 가져올게요. 부츠도 벗고요." 내가 말했어요. 마침 난로에 불을 잘 피워두었거든요. 차를 가지고 왔는데 토마스는 난로 연통에 등을 기댄 채 서 있었어요. 토마스는 먼저 침대에 앉았다가 드러눕고는 부츠를 벗었습니다. 부츠를 벽에 붙여놓으며 내가 말했어요. "여보, 당신 이렇게 무거운 부츠를 매일 끌고 다니는 거예요? 다신 이렇게 무거운 부츠 신지 말아요!" 사람이 신고 다니기엔 너무 무거운 부츠란 생각이 들었어요. 토마스는 그길로 잠이 들었고 옷도 갈아입지 않은 채 세 시간을 그렇게 잤습니다. 나는 빵을 만드는 중이어서 오븐에 넣기 전에 반

죽을 마무리를 하려고 아래층으로 내려갔습니다. 토마스가 입고 있던 양털 체크무늬 웃옷이 너무 더러워서 내려가는 길에 웃옷을 가져가 빨았지요. 다시 방으로 돌아와 토마스에게 먹고 싶은 게 없는지 물었더니 토마스가 없다면서, 차에 설탕을 넣어달라고, 아까 마신 차는 너무 쓰다고 했어요. 그러고는 아마 내가 부엌에 한 시간 정도 있었을 거예요. 나는 빵을 도로시에게 맡기고 차와 램프를 방으로 가져왔어요. 네 시쯤 되었을까. 제법 어두웠어요. "여보, 차 들어요. 갈아입을 깨끗한 옷도 가져왔어요." 내가 말했어요. 그러자 토마스가 말했어요. "어둡네요." "맞아요, 오늘 종일 어두웠어요." 내가 말했어요. 램프를 내려놓고 불을 붙이는 순간 토마스가 사레들린 것처럼 이상한 소리를 내더니 이렇게 말했어요. "갑자기 어두워졌어요." 그게 그이의 마지막 말이었어요.

나는 겁이 더럭 나서 그이에게 말을 걸었습니다. "토마스, 지금 내가 불을 밝혔어요." 때마침 휴가 땔감을 가지러 가는 소리가 나길래 빨리 와보라고 불렀어요. "의사를 불러야겠어요.” 휴가 말하며 곧바로 집을 나섰습니다. 이웃집으로 달려가 의사에게 전화를 걸어야 했지요. 나는 다시 방으로 돌아와 토마스에게 다가갔는데, 그 순간 내가 토마스를 잃었다는 걸 알았어요. 나는 다시 아래층으로 내려가 휴가 집을 떠났는지 묻고 나서, 가족들에게 말했습니다. “아버지가 돌아가셨다.”

우리가 할 수 있는 일이 없었습니다. 다른 아들들도 곧 도착했어요. 의사는 지금 외출 중이지만 최대한 빨리 올 거라고 했어요. 모두가 모이자 의사가 도착했습니다. 그가 말하길, 자기가 곧바로 왔어도 살릴 수 없었을 거라고 하더군요. 협심증이었다고 했어요. 토마스는 자기가 곧 세상을 떠나게 될 줄은 꿈에도 몰랐는데도 그해 가을 아주 이상한 말들을 했지요.

한번은 이런 말을 했어요. “난 내가 죽는 건 두렵지 않아요.” 그래서 내가 말했지요. “당신은 안 죽어요. 당신이 얼마나 건강한데!” “내가 죽는 건 정말 두렵지 않지만, 당신 혼자 여기 두고 나 먼저 가느니 차라리 당신이 설원 아래 묻혀 있다고 생각하는 편이 낫겠어요." 그 말을 받아 내가 이렇게 말했어요. "토마스, 난 당신을 만나기 전에도 혼자 잘 살았거든요" 그랬더니 토마스가 이렇게 말했어요. "나도 그건 알아요. 하지만 당신이 지금 혼자가 된다면 그때와는 다를 거예요. 만약에 이승으로 돌아올 수만 있다면, 나는 다시 이곳으로 돌아와 당신을 보살필 거예요." 마치 머지않아 세상을 떠나리란 걸 아는 사람처럼 그런 말을 했습니다.

길 저편

Down the Road, 1950년, 나무에 유채, 48.3×60.9cm

창가에서 본 후식 밸리

Hoosick Valley(from the Window), 1946년,
나무에 유채, 49.6×55.9cm

링컨

Lincoln, 1957년, 나무에 유채, 30.5×40.9cm

후식 강, 겨울

Hoosick River, Winter, 1952년, 나무에 유채, 45.7×60.9cm

내 경우엔 노년에 접어들어 그림을 그리기 시작했습니다. 물론 그 전에도 그림을 조금씩 그리긴 했지만요. 그런데 한번은 여동생 셀레스티아가 놀러 와서 내 털실 그림들을 보고는 이렇게 말하는 거예요. "언니, 털실로 그림을 수놓는 것보단 물감으로 그리는 게 더 예쁘고 더 빠를 것 같아." 그래서 나는 동생 말대로 했어요. 소일거리 삼아 그림을 시작했습니다. 수를 놓는 일이나 그림을 그리는 일이나 내게는 다 똑같았어요.

내가 그린 그림이 제법 많아졌을 때 누군가가 후식 폴스의 토마스 잡화점에 그림을 보내보는 게 어떻겠냐고 해서 그렇게 했습니다. 케임브리지 축제에서 과일 통조림이나 라즈베리 잼과 함께 그림들을 전시하기도 했어요. 과일 통조림과 잼으로는 상을 탔는데, 그림으로는 한 번도 상을 타지 못했지요.

그러던 어느 날, 뉴욕시에서 왔다는 루이스 J. 칼도어라는 수집가가 마을을 지나는 길에 내 그림들을 구매했습니다. 누가 그린 그림이냐고 물었더니 케임브리지 가에 사는 애나 메리 모지스 할머니가 그렸다고 하더래요. 그 날 저녁 외출했다가 집에 돌아와 보니 도로시가 말하기를, "어머님이 집에 계셨으면 그림을 전부 다 팔 수 있었을 텐데… 좀 전에 어떤 남자가 찾아와서 어머니 그림이 보고 싶다더라고요. 내일 아침에 다시 온대요. 그림이 몇 점이나 있는지 제가 말씀드렸어요." 며느리는 내게 그림이 열 점 정도 있다고 생각했던 모양입니다.

　그날 밤 나는 잠을 이루지 못했습니다. 내가 어떤 그림들을 그렸고 어디에 두었는지 생각해보았지만, 몇 점 되지도 않는 데다 대부분은 털실로 수를 놓은 것이었지요. 그러다가 해가 뜰 무렵, 언젠가 대청소를 하면서 우연히 찾은 캔버스 틀에 그리다 말았던 그림이 떠올랐어요. 버지니아 풍경을 그린 그림이었지요. 제법 큰 그림이라 틀만 구할 수 있으면 그림을 2등분해서 두 점의 그림을 만들 수 있겠다 싶었고, 그래서 그렇게 했습니다. 덕분에 칼도어 씨가 도착했을 때 나는 약속대로 열 점의 그림을 줄 수 있었습니다. 도로시가 곤란해지지 않도록 일부러

신경을 썼던 거였지요.

칼도어는 내가 그림을 반으로 잘랐다는 사실을 1년이 지나도록 알아차리지 못했는데, 언젠가 왜 가장 잘 그린 그림을 반으로 잘랐냐고 내게 묻더군요. 나는 스코틀랜드 민족 특유의 알뜰함이라고 대답해주었지요.

칼도어는 내가 그림을 더 그리길 바랐어요. 몇 번이고 찾아와 내 그림을 사갔습니다. 그는 내 그림들을 뉴욕시로 가지고 가서 갤러리에 전시했고, 그중 세 점은 어쩌다 보니 뉴욕 현대미술관에서까지 전시가 되었습니다. 그러던 중 1940년 10월, 웨스트 57번가의 갤러리 세인트 에티엔에서 나의 첫 전시회가 열렸습니다. 그 소식을 듣고 많은 노인들이 나의 전시회를 찾아주었습니다.

방문객들

Callers, 1959년, 나무에 유채, 40.7×60.9 cm

마지막 운반

The Last Load, 1953년, 보드에 템페라, 46×61cm

맥도널 농장

The McDonnell Farm, 1943년, 60.9×76.2cm

방문객들

Visitors, 1959년, 메이소나이트에 유채와 반짝이 가루, 40.6×61cm

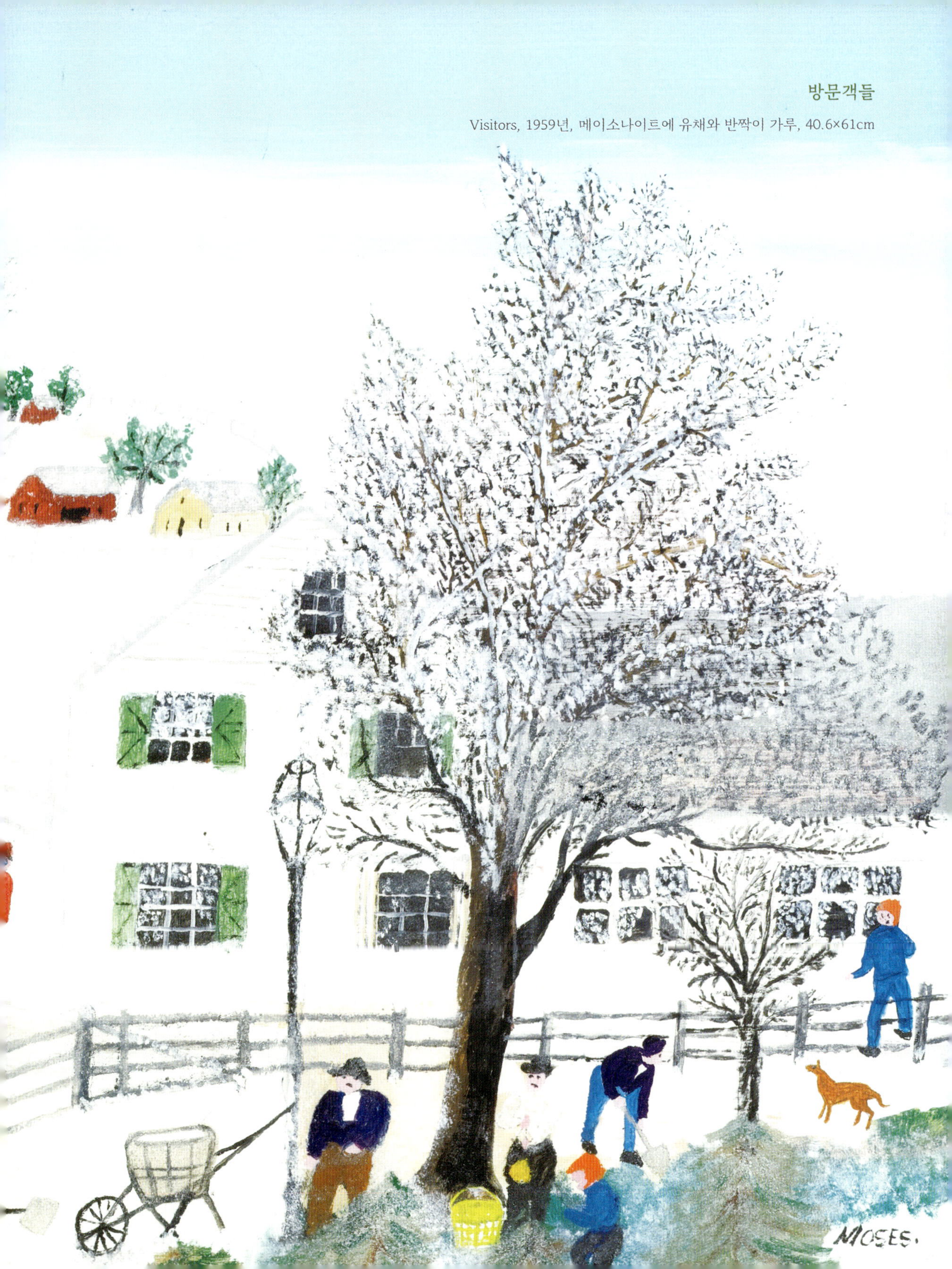

　내가 처음 유화를 시작할 무렵에는 그림을 그릴 때마다 이번 그림이 마지막이겠거니 하는 생각이 들어 크게 애착을 갖진 않았습니다. 그런데 머잖아 여기저기서 그림을 그려달라는 주문이 들어오기 시작했어요. "저 그림하고 똑같이 그려주세요!"라고들 말이에요. 그렇게 그림을 그리고 또 그리다 보니 어느덧 여기까지 오게 되었네요. 예전보다 그림이 나아진 것 같기도 하지만 어쩌면 더 좋은 붓과 물감을 사용해서 그런 것 같기도 합니다.

　좋은 붓을 쓰는 게 도움이 많이 됩니다. 이제는 얇은 붓도 얼마든지 구할 수 있어요. 전쟁 때는 얇은 붓을 구할 수가 없어서 성냥으로 그리기도 했거든요. 요즘 쓰는 물감은 색깔도 아주 좋습니다. 색을 적절히 섞어 쓰는 법을 터득해서 그림을 더 잘 그릴 수 있게 되었지요.

　나는 그림을 그리기 전에 액자를 사고 그 틀에 맞게 목판을 자릅니다. 나는 돼지를 사기 전에 돼지우리를 만들자는 주의거든요. 그런 다음 목판에 아마씨 기름을 바르고 흰색 무광 페인트를 세 겹 칠해서 칙칙한 나무색을 가려줍니다. 두 겹을 칠하면 거뭇거뭇 목판이 보이고 세 겹을 칠하면 두께감이 생기기 때문에 색칠할 때 물감을 많이 안 써도 되거든요. 튜브 물감은 제법 값이 비싸서 아껴 써야 하지요. 이것 역시 스코틀랜드식 알뜰함이라고 해야 할까요. 이제 목판 위에 풍경을 그리면 되는데, 머릿속에 떠오르는 대로 자연의 풍경이라든가 낡은 다리, 꿈, 여름이나 겨울 풍경, 어린 시절의 추억 같은 것을 그립니다.

나는 언제나 보기 좋고 즐거운 풍경을 그립니다. 알록달록하고 북적북적한 게 좋아요. 목판이나 하드보드에 그림을 그리는 이유는 캔버스보다 훨씬 오래 가기 때문입니다. 액자를 구하기가 힘들 때도 더러 있어요. 액자가 예쁜데 상태가 좋지 않으면 내가 직접 망치와 못을 들고 수리를 합니다. 액자는 그림과 조화를 이루어야만 최고의 효과를 낼 수 있지요.

그림을 그릴 때 나는 풍경을 관찰하고 또 관찰합니다. 어떤 초록색을 써야할지 선뜻 결정할 수 없을 때가 많은 것이, 한 그루의 나무에도 서너 가지의 초록색이 들어 있는데, 이런 나무들이 백 그루 있다고 한번 생각해보세요. 나는 나무를 보면 가지가 먼저 눈에 들어오고 그다음엔 아주 짙고 어두운 초록색이 눈에 들어옵니다. 거기서부터 서서히 밝은 초록색을 만들어 갑니다. 나무 가장자리 부분은 황록색이나 백록색이에요. 실제로 나무색이 그렇답니다.

눈을 그리는 것도 재미있어요! 사람들은 날 보고 설경을 그릴 때 음영을 더 넣으라고도 하고, 파란색을 더 쓰라고도 하는데, 아무리 봐도 눈밭에서 파란 빛깔은 보이지 않더군요. 나무 그림자처럼 그림자가 조금 보이긴 하지만, 내 눈엔 파란색이 아니라 회색으로 보입니다. 난 분홍색을 참 좋아하는데, 분홍빛 하늘이야말로 더할 나위 없이 아름답습니다. 어린 시절 아버지의 물감으로 그림을 그릴 때에도 하늘은 붉게 칠할수록 더 아름답다고 생각했습니다.

파란 옷의 남자아이

Little Boy Blue, 1947년, 나무에 유채, 50.8×58.4cm

겨울의 마운트 네보

Mt. Nebo in Winter, 1943년, 나무에 유채, 50.8×91.4cm

케임브리지 밸리

Cambridge Valley, 1955년, 보드에 템페라, 40.6×60.3cm

호수

The Lake, 1957년, 나무에 유채, 39.7×59.5cm

내가 본 최초의 라디오는 1920년 도로시와 휴가 크리스마스 선물로 받은 수제 광석수신기였습니다. 몇 년 전에는 직접 라디오에 출연하는 경험도 했어요. 뉴욕시에 있을 때 베시 비티를 만났는데 자기 라디오 방송에 출연해달라고 했어요. 썩 내키지는 않았지만 베시에게 도움이 되고 싶어 수락했습니다. 두 번째 출연은 1946년 4월 〈사람들〉이라는 프로그램이었지요. 사람을 둘이나 보내주면서 나에게 각별히 신경을 써주었습니다. 칼 슈츠만이라는 엔지니어는 휴대용 송신기를 가져와 방송을 이글브리지로 연결시키기 위해 열심히 방송을 듣고 있더군요. 모지스 할머니를 뉴욕시와 연결하려고 트로이 전화국에서도 직원이 넷이나 나왔답니다.

그토록 많은 사람들이 애를 쓰고 돈을 들였는데 행여라도 방송이 잘못될까봐 관계자들이 조마조마했던 순간들도 있었을 거라 짐작이 됩니다. 방송 시간이 겨우 3분밖에 안 된다는 건 나중에야 알게 되었지요. 3분 동안 이야기를 해봐야 얼마나 할 수 있겠어요? 그래도 하는 수 없이 방송 내용을 3분으로 압축시켜야 했습니다.

진 헐리가 인터뷰를 참 친절하고 차분하게 진행하더군요. 인터뷰를 여러 차례 연습했는데 난 그쪽 방면으로는 영 재주가 없어요. 어쨌든 즐거운 시간을 보냈고, 다른 분들도 그랬으면 좋겠습니다.

어떤 종류의 그림들을 가장 좋아하냐는 첫 질문에는 이렇게 대답했습니다. "예쁜 그림들을 좋아합니다. 예쁘지 않다면 뭐 하러 그림을 그리겠어요? 그래서 뭘 그리면 예쁠지 열심히 생각해보고 그림을 그리지요. 옛날 풍경들을 그리는 걸 좋아해요. 오래된 건물, 다리, 여인숙, 옛날식 주택 같은 것들이요. 이제 얼마 남지도 않았고 빠르게 사라져 가고 있지요. 나는 항상 기억을 바탕으로 그림을 그리는데, 주로 나의 공상이라고 말할 수 있어요." 그 다음엔 진 헐리가 유명해지니 기분이 어떤지, 내 그림으로 만든 크리스마스카드에 대해 어떻게 생각하는지 묻더군요. 나는 이렇게 대답했어요. "아, 유명세는 크게 신경 쓰지 않는 편이고요. 그보단 다음엔 어떤 그림을 그릴지만 생각합니다. 그리고 싶은 게 정말 많거든요. 크리스마스카드에 관해서는 딱히 할 말이 생각나지 않는데, 애리조나주에 사는 손녀딸이 나를 놀리더라고요. 빗자루가 아니라 붓 자루를 타고 전국을 날아다니는 마귀할멈이라고."

방송이 끝난 뒤 우리는 다과를 들었고 모두들 집으로 돌아갔습니다. 집이 얼마나 허전하던지.

행진

A Parade, 1949년, 섬유판에 템페라, 42.9×55.6cm

산타가 굴뚝 타고 내려가네

Down the Chimney He Goes, 1960년, 나무에 유채, 40.7×60.3cm

빨간 헛간

Red Barn, 1958년,
메이소나이트에 유채와 템페라, 40×60.9cm

고지대

Upland, 1956년, 메이소나이트에 유채, 40.6×61cm

내가 만약 그림을 안 그렸다면 아마 닭을 키웠을 거예요. 지금도 닭은 키울 수 있습니다. 나는 절대로 흔들의자에 가만히 앉아 누군가 날 도와주겠거니 기다리고 있진 못해요. 주위 사람들에게도 여러 번 말했지만, 남에게 도움을 받느니 차라리 도시 한 귀퉁이에 방을 하나 구해서 팬케이크라도 구워 팔겠어요. 오직 팬케이크와 시럽뿐이겠지만요. 간단한 아침 식사처럼 말이에요. 그림을 그려서 그렇게 큰돈을 벌게 되리라고는 꿈에도 생각지 못했어요. 늘그막에 찾아온 유명세나 언론의 관심에 신경 쓰기에는 나는 나이가 너무 많아요.

오래전 아침 식탁에서 아버지가 들려준 꿈 이야기가 떠오릅니다. "애나 메리야, 내가 어젯밤에 네 꿈을 꾸었단다." 아버지가 말했습니다. "좋은 꿈이었어요, 나쁜 꿈이었어요?" 내가 물었지요. "그야 어떤 미래가 펼쳐지냐에 따라 달라지겠지. 꿈은 우리의 앞날에 그림자를 드리운단다." 아버지의 꿈에, 내가 널찍한 홀에 있고 수많은 사람들이 박수를 치고 환호성을 보내더랍니다. 아버지는 이게 무슨 일인가 싶었대요. "그런데 돌아보니 애나 메리 네가 남자들의 어깨를 밟으면서 내 쪽으로 걸어오는 게 아니겠니? 내게 손을 흔들면서 남자들 어깨를 번갈아 밟으면서 다가왔어." 언론에서 많은 관심을 받은 이후 요 몇 년 사이 그 꿈 생각이 자주 납니다. 엄마가 했던 말도 생각이 납니다. "러셀, 남자들 어깨 밟고 걸어다니는 애나 메리가 그렇게 근사해 보이던가요" 어머니는 꿈이란 게 얼마나 허망한 건지 알고 있었지요. 아니면, 정말 그 꿈이 나의 앞날에 그림자를 드리웠던 걸까요? 세계 거의 모든 나라에서 수많은 격려의 편지를 받을 때면, 그런 생각이 듭니다.

7월

July, 1956년, 보드에 템페라, 40.6×61.0cm

우리는 교회로 가는 중

We Are Coming to Church, 1949년,
보드에 유채, 39.3×42.5cm

여름의 마운트 네보

Mt. Nebo in Summer, 1943년, 나무에 유채, 50.8×66cm

227

옥수수
Corn, 1958년, 40.6×60.6cm

229

◇◇◇◇◇

　지금까지 내가 살아온 이야기를 진솔하게 들려드렸습니다. 이 나이가 되니 세월이 어떻게 갔는지 모르겠네요. 차라리 열여섯 살 때가 내 나이를 가장 실감했던 것 같아요. 화이트사이드 부부를 떠날 무렵 나는 성숙했고 평온했거든요. 어떻게 보면 난 늘 그렇게 살아왔던 것 같습니다. 지금도 나는 내가 늙었다는 기분이 전혀 들지 않아요. 손주 열한 명과 증손주 열일곱 명을 둔 할미이지만요. 참 많이도 두었네요!

　세상이 변하고 또 변하고 있는데 앞으로도 더 많이 변할 수 있을까요? 지금보다 더 발전한 세상을 여러분들은 상상할 수 있으신지요? 나의 아버지가 화덕을 좋아하셨듯이 나도 철제 난로를 좋아했고, 지금은 그것들이 가스와 전기 레인지로 바뀌었지요. 젊은 세대가 나이를 먹고 앞으로 100년이 더 흐르면, 후대인들의 눈에는 우리가 원시인으로 보여도 전혀 놀랄 일이 아닙니다.

　그럼에도 불구하고 나는 우리가 정말 발전하고 있는지 때로는 의문이 듭니다. 내가 어렸을 때는 세상이 달랐어요. 지금보다는 여러모로 더 느린 삶이었지만 그래도 행복하고 좋은 시절이었지요. 사람들은 저마다 삶을 더 즐겼고, 더 행복해했어요. 요즘엔 다들 행복할 시간이 없는 것 같습니다. 하지만 이런 어려운 질문에 맞닥뜨리면 너무 많이 생각하지 말고 그냥 덮어버리는 게 상책입니다. 내가 은 골무를 얻으려고 성경을 읽었을 때 그랬던 것처럼 말이지요!

내 삶의 스케치를 매일 조금씩 그려보았습니다. 어린 시절부터 돌아보며 그저 생각나는 대로, 좋은 일, 나쁜 일 모두 썼어요. 살다 보면 좋은 일도 있고 나쁜 일도 있지요. 다 우리가 겪어내야 하는 일들입니다.

나의 삶을 돌아보니 하루 일과를 돌아본 것 같은 기분입니다. 오늘 하루도 무사히 잘 마쳤고 내가 이룬 것에 만족합니다. 나는 행복했고, 만족했으며, 이보다 더 좋은 삶을 알지 못합니다.

삶이 내게 준 것들로 나는 최고의 삶을 만들었어요. 결국 삶이란 우리 스스로 만드는 것이니까요.

언제나 그래왔고, 또 언제까지나 그럴 겁니다.

무지개

Rainbow, 1961년, 나무에 유채, 40.7×60.9cm

12월

December, 1943년, 나무에 유채, 47×55.2cm

낙엽

Falling Leaves, 1961년, 40.6×60.9cm

FALL OF THE YEAR

MOSES.

불행한 세상에 사는 평범한 우리들에게

모지스 할머니의 이야기는 아쉽게도 여기까지지만, 그 이후의 이야기도 흥미롭습니다. 76세에 붓을 든 그녀가 그림을 그린 지 5년 만에 단독 전시로 데뷔하자, 언론들은 앞치마를 두른 채 시골 농장에서 정겨운 그림을 그리는 할머니에 열광했습니다. 라디오와 텔레비전 방송 출연부터 시작해, 당시 여성으로서는 드물게 《타임》지 커버를 장식하고 다큐멘터리도 제작되었지요. 그녀의 재치 있는 입담도 인기에 한몫했습니다. 장수 비결에 대한 질문에는 "나잇값을 안 하면 된다"고 답하는가 하면 "요즘은 100살까지 안 살면 명함도 못 내미니 꼭 100살까지 살 거다" 하며 농을 치는 이 유쾌한 할머니가 사랑받는 건 그리 놀라운 일이 아닐지도 모릅니다. 그녀는 금세 즐겁고 활기찬 노후의 아이콘으로 떠올랐고, 급기야 그림 그리기가 노년층에게 적극적으로 권장되기까지 했습니다. 1952년, 92세의 나이로 출간한 이 책《GRANDMA MOSES : My Life's History》는 베스트 셀러가 되기도 했는데, 그녀의 그림은 여기서 그치지 않았습니다. 미국 가정의 커튼이며 그릇이며 온갖 생활용품에 녹아들었고, 아기자기한 겨울 풍경이 그려진 크리스마스 카드는 1억여 장이나 팔려나갔습니다. 〈독립기념일〉이라는 작품은 지금까지도 백악관에 걸려있지요. 그야말로 1940~1950년대 미국을 휩쓴 하나의 상업적, 문화적 현상이었습니다.

그러나 아이러니하게도 대중적인 인기가 높아질수록 미국 화단과 평단에서는 그녀를 외면했습니다. 유명해지기 전에는 호의적이었던 평론가들도 작품의 상업화에 거부감을 드러내며 등을 돌렸지요. 모지스 할머니의 작품이 미국을 대표하는 미술로 홍보된 탓에 화단이 내세운 추상표현주의가 뒤로 밀려났다는 불만도 컸습니다. 결국 그녀의 작품은 미국 대다수의 일류 미술관에서 전시되지 못한 채 'B급'으로 분류되었습니다. 동시대 미술계에서는 인정받지 못했지만, 민속미술이 부흥한 1970년대에 이르러서 재조명되기 시작했습니다.

하지만 정작 모지스 할머니 본인은 세간에서 자신을 어

떻게 평한들 크게 관심이 없었던 것 같습니다. 한시도 손을 놀리지 못해 그저 자기가 해야 할 일, 하고 싶은 일을 했을 뿐이지요. 일주일에 73kg씩 손수 버터를 만들어 시장에 내다 팔았듯, 살던 동네는 물론 인근 고급 리조트까지 물건을 댈 정도로 대량의 감자 칩을 튀겨냈듯 말입니다. (그림을 안 그렸다면 닭을 키웠을 거라고 한 대목이 새삼 떠오르네요.) 모지스 할머니는 그 바지런한 손으로 무려 1,600여 점의 그림을 그렸습니다.

"아득한 미지의 세계로 날 잡아끄는 걸 그리기 좋아해요. 저 멀리까지 내다볼 수 있는 그런 거요."

그래서인지 그녀는 원근법을 무시하고 전경은 물론 배

경까지 디테일하게 그려냈습니다. 이런 화풍 때문에 할머니의 그림은 네모난 조각들을 이어붙인 퀼트에 비유되기도 하지요. 색을 쓰는 방법은 자수를 닮았고요. 물감을 섞어 쓰지 않고, 마치 여러 색의 털실을 나란히 수놓는 것처럼 여러 물감을 나란히 칠합니다. 창밖 풍경을 관찰하고 또 관찰해 그림을 그린다는 그녀는 계절별로, 시간별로 바뀌는 자연의 색감을 종이로 생생하게 옮겨내지요.

그녀의 그림에 꼭 빠지지 않는 것이 있습니다. 바로 자연과 사람 사는 이야기입니다. 〈시럽 만들기〉에는 눈이 소복이 쌓인 숲에서 단풍나무 수액을 받던 어린 시절 추억이, 〈오래된 오크 양동이〉에는 그 시절 유행한 노랫말과 마을 전설이, 〈추수철〉에는 노동과 놀이가 얽섞인 뉴잉글랜드 농민들의 풍습이, 〈베닝턴 전투〉에는 조상들이 참전한 미국 독립전쟁의 역사가 살아 숨 쉽니다. 책 첫머리에 나오듯, 추억은 화가입니다. 그녀의 그림은 장장 100년이 넘는 시간 동안 축적된 한 개인의 역사뿐만 아니라 지역사회, 나아가 미국의 이야기를 오롯이 기억하고 있습니다.

그녀의 그림은 미국인들에게 전통과 뿌리를 환기시켰고, 소박하고 단순한 삶에 대한 강렬한 향수를 불러일으켰습니다. 하지만 20세기 미국인들뿐만 아니라 어느 곳, 어느 시대의 사람들도 그녀의 그림을 보면 같은 감동을 받을 수 있을 것입니다. 실제로 모지스 할머니의 작품은 프랑스, 독일, 러시아, 오스트리아, 노르웨이 등 유럽 곳곳에서 전시되었고, 일본에서는 1980년대부터 꾸준히 전시가 열리고 있습니다. 이토록 오랫동안 울림을 주는 모지스 할머니 그림의 힘은 어디에서 비롯된 것일까요. 어느 기사의 표현을 빌려봅니다.

"불행한 세상에 살고 있는 평범한 사람들에게 가장 깊게 와 닿을 것이다. 할머니의 그림을 보고 있는 몇 분 동안만이라도 행복한 세상에 대한 그녀의 기억을 만끽할 수 있으므로."

류승경

GRANDMA
MOSES